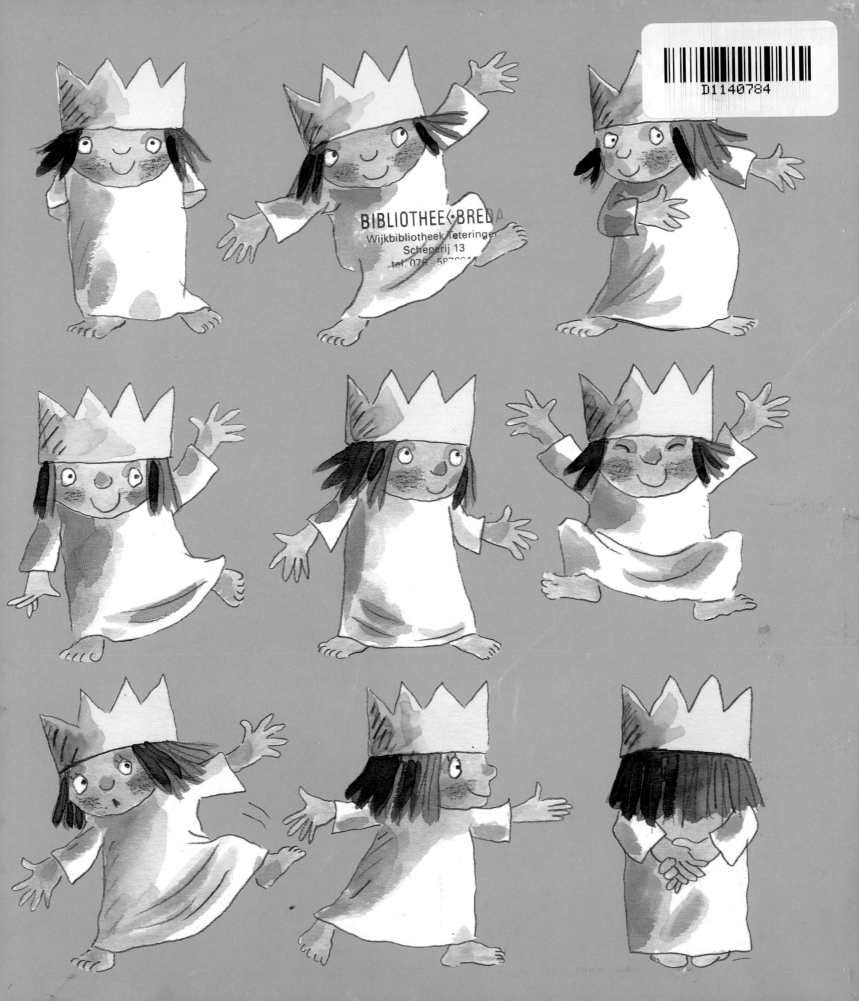

Dit is een uitgave van:
Memphis Belle
Prinsengracht 860-I
1017 JN Amsterdam
www.memphisbelle.nl

Voor België:
Standaard Uitgeverij nv
Mechelsesteenweg 203
2008 Antwerpen
www.standaarduitgeverij.be

Oorspronkelijke titel: *I Want a Party!*
Oorspronkelijke uitgave: Andersen Press Ltd., Londen
© Tony Ross, 2011
Illustraties van Tony Ross
© Nederlandstalige uitgave: Uitgeverij Memphis Belle International bv, 2011
Alle rechten voorbehouden.
NUR 272
Gedrukt in Singapore

Ik wil een feestje!

Tony Ross

Uitgeverij Memphis Belle

De Kleine Prinses liep zich te vervelen.
'Ik wil een feestje!' zei ze.

'Kerstmis is in december, niet nu,' zei haar moeder.
'Ik wil niet wachten op kerst, ik wil een feestje!'

'Je bent in februari jarig, niet nu,' zei de koning.
'Ik wil niet wachten op mijn verjaardag, ik wil een feestje!'

De rest van de week maakte de Kleine Prinses
uitnodigingen, een heleboel.

De kok bakte taarten en koekjes, een heleboel.

'Kan ik misschien helpen?' vroeg de eerste minister.
'Graag!' antwoordde de Kleine Prins.
'Ik wil feestmutsen maken, een heleboel.'

De generaal leerde de Kleine Prinses een nieuw spelletje
en bond haar een blinddoek voor.
'Je mag niet kijken hoor!' zei hij. Ze gluurde stiekem toch!

's Nachts droomde de Kleine Prinses over haar
feestje. Het allerleukste feestje ooit!

De dag van het feestje brak aan. De Kleine Prinses trok
haar allermooiste jurk aan en zette haar feestkroon op.

De koning hielp haar met de ballonnen...

... de koningin met de slingers...

... en het kindermeisje met de snoepzakjes.

Eindelijk was alles klaar voor het feestje...

... maar er kwam niemand, helemaal niemand!

Er rolde een traantje over haar wang. 'Waarom komt er niemand op mijn feestje?' snikte de Kleine Prinses verdrietig.

Op dat moment klopte er iemand op de deur.
De Kleine Prinses rende naar de deur en daar stond…
haar beste vriendin!

'Hallo,' zei haar beste vriendin.
'Ik geef een feestje volgende week, kom je ook?'
Ze gaf de Kleine Prinses een uitnodiging.

'Natuurlijk kom ik!' zei de Kleine Prinses. 'Kom binnen,
ik heb een feestje georganiseerd. Helemaal voor jou alleen!'

De Kleine Prinses en haar beste vriendin vierden feest,
en hoe! Als er dan toch maar één gast op je feestje komt,
kan dat maar beter je beste vriendin zijn!

Toen het feestje afgelopen was, ging haar beste vriendin
naar huis met een heleboel snoepzakjes…

De Kleine Prinses was tevreden.
'Dat was het allerleukste feestje ooit!'

'TOT NU TOE...'